歌集

春菊色の付箋

藤田　豊

砂子屋書房

＊目次

装本・倉本　修

歌集　春菊色の付箋

花疲れ

紀の川市桃山町字調月《つかつき》をアドレス帳の〈春〉に収めぬ

春もよい鉄漿《おはぐろ》のネコが来週の鬼平犯科帳に出る予感して

一真クン誘い野山へ分け入ればわが背越しに「麒麟いますか」

蕨という文字かすかなる欠伸してまとえる部首を解かんとしおり

眠らんとするまなうらに限りなくミモザ揺れおりきょう誕生日

啓蟄と螢雪は一音たがえつつわが誕生日知らせておらん

春の宵「さては南京玉すだれ」鴇《とき》色頭巾ほのか明るむ

殺陣《たて》の汗かきし男が立ったままにしん蕎麦食う　太秦は雨

千円の葵御紋の印籠を手に取らぬまま太秦を去る

誤りて桜木を伐りし〈お詫び〉とう立札のあり洛東高に

〈桃の滴〉呑もうかと問えば応えたり糺の森に鳥のさえずる

鯖街道出町柳の花折《はなおれ》の鯖寿司のつま紅生姜濃し

あまやかに満つる白梅をなお巡る夕べの道に花疲れして

じゃんけん遊び

いくたびもかがみて見せし薯の花幼のわれを背負いし子守

せぐくまり爪切りていし若き父大正生まれの男《お》ごころありき

頭撫で紙風船をくれしひと祖父か薬屋か秋の夕べに

少年の日に見し鷭《ばん》のくちばしは人を脅かす紅き色して

解剖に供する蛙を捕まえよ惣開《そうびらき》小理科の宿題

馴染みなる貸本屋に寄る父の背を追うわれ居たり朝の夢見に

一度きり父と夜汽車に隣りいて金砂湖の明かりわれに教えき

福投げに拾いし餅の七つあり「徳」と捺す餅母に選りおり

伊予の国徳能《とくの》が母郷学び舎の徳田小学校いよいよ遠し

剝製の鹿の眼やさし母の生家どの村人もよき顔をせり

あのころの鳥居や道の広かりき刻みこまれし子供空間

母郷にはかいつぶり棲む池のあり父なきわれを受け止めくれき

だんまりの時の過ぎゆき夕べの鐘渇きたる口つぐんだままに

独りだけのじゃんけん遊びこの町に唇を噛む少年がいる

けたぐりに父を這わせし草地には半世紀経ちカタバミの原

弧

書を閉じて海を見遣れば鷗らがちさき港に寄り添う日暮れ

海よりの風をもらいてともづなは水面に垂れて弧を濡らしおり

ふたつの弧描くワイパーの拭けぬ場所妻の届かぬわれの自由区

差し上げし小松菜の花厨にて光やさしと礼状届く

長き日々留守居の妻の唐突に旅芸人になりたしという

ハンミョウと「達磨さん転んだ」興じおり君との距離を縮めんとして

小糠雨あまた海砂触るる間に短編小説読み終えしわれ

草刈りを終えし畦道風吹きて青き匂いの家を包めり

北の切羽

日本海の風孕む帆に胸をはるわが掌は舵をもてあそびおり

なまはげの温泉郷の宿ひとつ閉じたりと聞く北の切羽に

熊蟬の北上せし地せみ塚の岩にしみ入りしせみは何蟬

雨に打たれ風に吹かれて縮こまる道を描きし斎藤真一

四貫目背負う荷のなか濡らすまじ三味線こそはわれの命と

放浪の画家立ち寄りし地を追えば田麦平に棚口《ませぐち》、崩《くずれ》

門付けに訪ねし家長黙しおり瞽女《ごぜ》の身に降りし吹雪、極貧

六歳で失明をせし女の言う「牡丹のいろと桜忘れじ」

「きくの死」とう絵はがき求む囲みしはおつぎ、お久、おみかにおちよ

ひとはひかり求むるに鳥眩み落つ墓標のごとく灯台はあり

皇帝ダリア

白桃のぬめる半月冷やされぬ白内障の義父を待つ部屋

義父呉れし皇帝ダリア守らんと紐幾重にも包帯のごと

巧妙に折り込まれたる花びらの神の造りしちさきつぼみに

わが庭で新種のダリア見上ぐる人「ずっと見てると首疲れます」

秋の果はうっとりと実り神無月二十六日重吉逝きぬ

長き尾を枕に眠るカンガルー過ごせしときを手繰りあげたり

姉おとうとかくれんぼして消えゆきぬ鬼当番の母の喪ふかし

父のもとへ挙りて逝きしはらからの手みやげ伊予のかぶとがに餅

うちうみの療養所より来し小舟心音のごとエンジン唸る

青い芥子

団塊の働き蜂ら同乗すカナダ行き皐月満月の宵

八月の鮭溯上せし川に入り雪解け水に四つん這いする

貝を掘る半月湾《ハーフムーン・ベイ》身の丈と眼の色示す許可証をもち

七十五と決められいしも狩りすぎてちさき貝より海に戻せり

シーシェルトの丘へとのぼり蕨狩る春の空気は膨れてゆけり

渡り鳥無名の島に脱糞す隣国の花咲かす種子あり

島へ航く船のデッキに児のひとり小銭両替われに頼み来

両替の児の顔立ちはベタンコート　キューバ生まれの亡命選手

日盛りの森に放せし犬エリー熊のにおいとともに帰宅す

ひろびろと海ひらけたるアラスカの航海日誌「晴天」と記す

アラスカの聖堂裏の青い芥子咲いていますか今日のそよ風

茅原に遊びたる鳥発ちしのちわれに時間の纏い付きたり

な組

移住せし姪の写メール届きたり葡萄畑とラグビー場と

水鳥の餌にとパンを包みおり機内の妻に促されつつ

ダリア咲くニュージーランドに滞在す桜だよりの届かぬ弥生

この国の森の入口に置かるるは紫外線度を示す標識

グライダー五機並ぶ小屋に招かれて趣味を訊かるるわれ口ごもる

持ち来たる瀬戸大橋の写真見て海の深さを問う人のあり

「漢字名に直してほしい」船上で菜入麻論《ナイリ・マロン》と綴りしあの日

菜穂子さんの一字を付けて仲良しに友のナイリは〈な組〉に入りぬ

女なら舟《しゅう》という名に男なら海《かい》にしたいと姪は二度言う

ユーロ硬貨

ロンバウツ塔昇りゆくときカリヨンを奏でる男会釈に応ず

石畳歩きどおしの十字路に修道院の麦酒看板

ルーベンス支えし弟子の描きたるむらさき色の虜となりぬ

赤子抱く老婆突き出す缶のなかユーロ硬貨の一枚動く

真夜中にクラクション高く響きおり贔屓の国のゴールの決まる

檀一雄の過ごせし村へ松脂の匂い届くまで月の照りおり

長浜

われも妻も「ツバメいます」の張り紙のありし建具屋のぞき込みたり

産みたての地鶏たまごを割りたれば五月の空気ぷるるん撓む

海底のシロギスよりの魚信あり「海の貴公子」涙出すとき

評論家「しないでもない」を繰り返す耳かき棒は行方知れずに

悲しみを詰めたる殻のカタツムリ螢のために一度きり生きる

地球儀を廻してさぐるソマリアの海賊船と蜂の隠れ家

うしろ指差されぬ一生《ひとよ》と言い切れる団塊のひと　このゆびとまれ

見かけより「折ってはなるまい」を本意とすドイツ土産の鉛筆削り

八月　たとえば牟礼の石あかり夕餉の器ふれあう音す

ながはまは金糞岳に竹生島《ちくぶ》、浅井《あざい》、小谷《おだに》、びわ濁音の町

駅ごとに出席をとる車掌居り田村、坂田と名を呼ぶごとく

「郊外に移りました」と添えてあり返書出したき高知薊野《あぞうの》

分度器に幼き指紋のこりおり抽斗の奥絶滅危惧種

まろき杏

こんもりと菊を纏える人形の二分咲きの胸わずかにくぼむ

次郎柿・長十郎梨・藤九郎銀杏こぞりてははの厨へ

鉄棒にぶらさがりおり傍らの狗尾《えのころ》の穂に秋陽ざわめく

袖口のボタン留めつつ前《さき》の世の印度林檎の香のよみがえる

まわり来し有平棒の洗われて水ほたほたと落つる歳晩

黄なる蝶いのちを托すなかぞらに冬越すちから試しつつ舞う

青と黄の『虞美人草』の背表紙に木洩れ日が差しパピプペポピー

若き日を捧げし雑誌休刊すわが中指にペンだこ残る

三日月を栞となして挟みゆく『月蝕書簡』父はるかなり

朝には「否」と言えども夕べには僅かに伸びてまろき杏に

一群れの去りしみ寺に打ち鳴らす鰐口の音暗がりにあり

虎口とも鰐口とも言うあたりには逃げ道などない　穴に入るべし

クサキリとう虫ひとつ覚えひとの名を三つ四つ消して暦の終り

さりさりと蓮根の皮を削ぐ夜に太宰の駆ける橇まぎれしむ

新しきゼブラゾーンを振りむきては進む仔犬のような年明け

参号の札撤饌の酒と換わる十日戎の賑わえるなか

聖火ランナー

「過ぎたわよ、聖火ランナー」節分の豆煎る妻に国際電話

運転手兼通訳を請け負いてカナダの友の五輪はじまる

出土せし木簡あまた洗われて防腐剤ごと水に漬けらる

木簡に「法王に成る」この籤を引き当てし沙弥得意の一日

にぎわいの餅飯殿《もちいどの》町天平の若草色に染まりておらん

刈安と紫根染むればいまの世も麴塵の衣香を放たんか

質種の大工道具の晒されて暖簾の下で黄砂積みおり

阿波池田よぎりゆくとき安宅屋《あたぎや》の塩羊羹は左党まどわす

この閘《こう》はくずれる兆し首相には危険水域いまだに見えず

空へ向け全開したる枝鋏夏雲の入る飛行機の出る

足のばし手甲脚絆をととのえて隣の猫の今日がはじまる

日に三度歯磨きできる日もありて齷齪の文字なぞりておりぬ

職退きて見えざることに目を開く心根、木の根、月の魄など

泥らっきょう

ことしまだ蛇見とらんね　母と妻泥らっきょうの薄皮を剝ぐ

十年で七人のボスに仕えおり打席のイチロー中空見据え

山頂の友よりのメール光りおり「富士に雷が棲みついている」

同じ科白繰り返し捨つる夏が過ぎ唐黍畑に風ふくれたり

顔出さぬ敬老会の品届き午睡の母の代わりに応ず

母の顔確かめますか　手を振りて民生委員車に入りぬ

煙るごと〈アストモスガス〉灯りおり折れそうな心ただ包まるる

ひったりと猫つけ来たる牛膝《いのこずち》気がかりの三つ四つ解けぬまま

「右利きよ隣家の猫は」カメラ向く女優のごとき身振り手振りで

秋茄子の出来を教師も妻も言うフォックストロット曲のあい間に

発条の玩具のように啼く鳥はいつぜんまいを巻くのだろうか

少年の耳

足湯するわれににじり来て坐りこむ幼の足は湯まで届かず

いまだ裂けぬ柘榴ひとつを見つめつつ清水房雄に思いいたれり

葉を落とす左右対称《シンメトリー》の欅一樹われのこころの真ん中に立つ

石投げて竹林谷に響きおり少年の耳いまだ持ちたり

名刺なく暮らす安けさ朝礼に訓話するわれ夢に顔出す

「漁師にも定年あるで」老猫が聞き役になり海を見ている

新年《にいどし》に雲辺寺の餅届きたり男の子初めて拾いし戦果

銜えてはすぐに吐き出す券売機予期せぬことに人は傷つく

子の代も髪を切らせて欲しいです　五歳児の父家業に触れる

○《まる》と0《ゼロ》区別つかぬと泣くんです　若き父われに縋りつく夕

図書館で山窓という語に遇えり目凝らしおれば木洩れ日の差す

野のキブシ芽吹きて息をかぞえおり天道虫はその息を吸う

ばばへそ

知らぬ町の医院を帰る夕まぐれいかなる道を抜けて来たりし

画家Aの死に際の言葉浮かびおり「筆を洗っておいてください」

麻酔歴また訊かれおり「高校の修学旅行、盲腸炎」と妻

悪性か否かわからぬと医師の言う　読みさしの書をまた手に取りぬ

みちのくの避難所映る七号室君の居ぬ部屋壁に鋳あり

オペ終えてわれに見せおり執刀医山で茸を狩りしごとくに

窓越しにばばへそ*映る飯館の外には桐が咲いているのに

*福島では輪切りにした大根を茹で、干したものを「ばばへそ」と言う。

放射能みえず流るるニッポンに抜港つづく外国客船

ほの揺れて光れる貝に取り憑かれうみの浅処《あさど》へはいりゆきし児

緊《し》まりゆく晩年を画家描きおりトルコキキョウの青き縁取り

「良性よ」短き電話くるる妻　犬山椒のうすみどり咲く

巨き船に手を振りたくて妻はまた海岸通り遠まわりする

牛蒡

箱根山ゴボウ抜きせし韋駄天が酸素吸入器いつまでも抱く

丸椅子に媼うつむきモゴモゴと「ん」を噛みおりごんぼと呼びて

猪の親子六頭裏山をザクザク駆けると妻走り来る

ひめやかにひろごる秋に絡まりて紅き点打つホシアサガオは
柔らかな南京黄櫨の葉の形その輪郭にわれは寄りゆく

釣糸のあまた垂れたる祝日の馬篠港に小鰯揚がる

フルートの形の橋に時雨きて美《び》笛《ふえ》峠《とうげ》にわれのみが立つ

見張り番解かるる猫の休息日小春日和の蛇に出くわす

店に飾る女将のために切られおりわが庭に咲く千日小坊

デジカメに収めし紅葉見せらるるいまだみどりの真如堂にて

英文のメール届きて冬の旅〈温泉猿《スノー・モンキー》〉行きたしとあり

雪玉を抱える猿の沈黙に岩合光昭いかに応えん

作曲家キダ・タロー氏の口癖は「これ、知らんまま死ぬとこでした」

「東京は急に寒くなりました　ゆ拝」*と結ぶ返書　ぬくとし

*小島ゆかりさんより返書。

新婚旅行《ハネムーン》に摘みし伊予柑の豊けきを皿洗いつつ妻の語りぬ

足守

目当てなる利玄生家は繕いおり花片ひろいて封書に挿む

旅先に原田泰治の画の切手足守局の印を捺したり

蕊の辺に重なりている黄金虫風止むときも祈りをやめず

干されたる緑のジャージ　ベランダに年を越しおり予備校の寮

はつはるに高圧のみず当てられて補修場のふね牡蠣の香を噴く

どうしてもこぼしてしまうクロワッサンきょうは雨水と聞く食卓に

冬空に片虹の出ですぐ消えぬ用持たぬわれ見届けしこと

数百の靴

「このぶんだと雪消《ゆきげ》は遅れる」福島の老人ぽつりとテレビに語る

カナダに住む友は伝えたり地元紙の〈数百の靴、日本より着く《ハンドレッド・オブ・ドリフト・シューズ》〉

三月の靴外つ国に流れつく脱がないままの童らの足

靴紐の無き片靴の転がりぬひらがな「ゆい」は国境を越ゆ

海沿いの村静やかに明けはじめ濡れゆがむ靴、骨片の白

「海底に沈みし靴」* と栗木詠む　沈まぬ靴が陸にあがった

* 「翼あらば生き得しものを　海底に沈みしあまたの靴は嘆くや」
栗木京子（角川短歌二〇一二年六月号）

下駄箱に挿みしメモの流されぬ放課後の岸淡き約束

やまどり

継ぎ穂には決まって「でも」と継ぐ女　抗うことは生きていくこと

やわらかな果実のようにメジロ眠る出会いも別れも雨の水無月

名刺大の箱に小菊を敷きつめて妻はメジロを土に埋めおり

ドダドドッやまどりの雄飛び立ちて大串岬に夏を招びたり

蕎麦屋には日めくりの訓〈雪中でも涙は温い〉あす十一日

畳師の用いる工具欲る妻は「ねえ、ねえ」と誘う店過ぐるたび

屋島嶺のミサゴを覗く双眼鏡巣にもどる親墜ちたりしない

エラーせし選手がグラブ見るようにきょうは幾度もわが手を眺む

夕凪に汗ばむ妻のさわりたるフウセンカズラ風をふくみぬ

暮らしぶりで卵の数は違うとは鳥類のこと声透ける秋

球場が口笛を吹く　三振に倒れし打者の赦されてゆく

帰国子女めとる甥より招待状切手に鶴の一羽舞いおり

亀の餌

観月会待つ猿沢の池の辺に亀の餌とてちさき麩並ぶ

奈良の宿で地酒舐めつつ十三夜《じゅうさんや》餅飯殿の闇深まりゆきぬ

「ひとつだけお願いがある」切り出され唐招提寺の白萩揺るる

大寺のキササゲの樹の下に立ち妻の言い継ぐ「長生きしてね」

「若いうちは北向きがいい」志賀直哉好みし書斎に利玄訪いけり

閻魔王の奈良白毫寺《びやくごうじ》散歩より庵主戻りぬ仔犬抱きて

二月堂の松明の煙纏いつつ群衆うごく　しんがりに猫

「庄内は雪がでっちら積もってる」崩さぬように携帯を閉づ

失くした手袋

あるときは百葉箱となり元旦も野分の朝も挨拶したき

あるときは暖簾となりて吉田類招き入れんとひらひらしおり

あるときは駄菓子屋となれいちどきに子供九人のせめぎ愉しめ

あるときは啄木鳥となり机叩く失くした手袋まだ出てこない

あるときは観覧車となり空に浮く逃げるふりしてほどなく戻る

海鳥のごと

アトリエにこもりいる君漂流物に取り囲まるる海鳥のごと

肉球で幾度も涙ぬぐいおり隣家の猫をちゃんづけで呼ぶ

君知らぬ籠一杯のつくしんぼ九つの春われにはありき

新妻のような顔して妻掲ぐパン教室で焼きしベーグル

ポケットに入れて飼いたき小動物君の挙げおり指が足りない

釣り上げし日の潮汐と鱚《きす》の数三年分をホチキスで綴づ

キッチンに鱗付きたる定規ありわれと妻とは釣果を競う

枇杷すする君と吊り橋揺らしおり横浜《ハマ》あたりではこうはいくまい

渡り鳥のあおぞらに描く暗号を君は知ってるはつなつ岬

高岡万葉まつり

「家持に逢える気がして」朗唱は二十回目の地の老いに遇う

家持の衣裳に着替え漫《すず》ろ歩き平成びとが会釈してくる

巻《まき》三の三百九十番唱えたり中の島より拍手起こりぬ

照明に背を向けするり逃れおりわれの体のほぐれ始めぬ

着せくれし媼の寄り来「良かったちゃ」月草色のわれの帯解く

高岡の古城公園ねぐら鳥全二十巻あまさずに聞く

越に逢うひとのやさしさ秋冷の沼田のふちにミゾソバの花

旅芸人

人形を仕上げし君が猫のため鮗《こち》の煮つけの二の膳を出す

アトリエの人形の顔日を追うにわれに似てくる　作家わが妻

鼬《いたち》毛で眼の入れられし人形のまばたきをせり個展初日に

〈作品に手を触れないで下さい〉を十二個置きぬ教科書体の
模型屋の夫婦《めおと》のように陳列の品を目守りて秋の日暮れぬ

二人の日ふの付く言葉の顔を出す符牒、不意打ち、腐心、深読み

もらい手の決まらぬ〈駱駝〉蔵われて木蘭《もくらん》色のまつげを伏せる

定年の義兄にほん人学校の師となりタイへ赴任をしたり

独りの日ひの付く語句の浮かびくる僻み、膝小僧、卑屈、引きどき

「旅芸人いいいね」と言いし君われをいま一座へと引き入れんとす

耳菜草

好きな鳥は筒鳥、キビタキとう歌人渡辺松男長き耳もつ

ヤイロチョウの鳥舎のまえに一時間ホホヘンホホヘン鳴くことのなし

果樹園に袋ふくふく掛けらるる雨に打たれてつぎつぎ灯る

土俵にて力士飾るは髪のみと櫛職人の熱く語りき

流星群のニュースに敏き君ひそり夜半に起き出し長き時過ぐ

耳菜草《みみなぐさ》すずめのかたびら詰草と母は草引く名を呼びながら

大切にせぬまま過ぎし別れの日山茱萸の黄を指で突っつく

会葬の帰り思いおり灰に似るナンバンギセルの種蒔きしこと

背伸びしてわれの指先触れんとす電燈の紐いまだ揺れおり

三輪車の児

林道に君拾い来し団栗をどっとはき出す水鳥のため

集落のどの家よりも高き地に池眠りおり水流しつつ

まばらなる冬木林に踏み入ればひと恋うる山羊鳴きはじめたり

蠟梅の蕾二つ三つ落ちており源氏池へと続く小道に

池めぐり池に溺るる楽しさにキンクロハジロ日向ぼこをす

頬あかき三輪車の児に微笑めば遅れつつ来る翁会釈す

バサバサと音する中空見上げたり幣束当たる鳥居の貫《ぬき》に

〈危険です池の近くで遊ばない〉立札起点にわが遊《すさ》び事

「品格のある池ね、ここ」なめらかに水の面《おもて》を圧す鴨がいる

堤よりわれ見下ろせば冬畑にほっかむりせる農夫の動く

沼べりに棄てられし地図西よりの風に開きてゴビ砂漠濃し

淡水の池を住処とする鴨は海を恋わざる母を恋わざる

女井間池

ブルーギル鉤《はり》を呑むとき羊羹を糸で切るごと水面を裂きぬ

劇的なことなど何もなき夕べ弥勒奥池雨となりおり

われ君に池々の名を口にせり釜玉啜る石工が笑う

君の傘に四方へと散りし蚊の群れは柱のかたち取り戻しゆく

台風と法事に紛れ文月はシロチドリの孵化見届けず過ぐ

やすらぎは身近にありて女《め》井《い》間《ま》池《いけ》カタシログサにわれは寄りゆく

早苗田の風に従きゆくギンヤンマ少し愉しき今日半夏生

ちさき麩は池に届かず口あける児　鯉おもむろに向きを変えたり

女井間池に白鳥二羽の安らえり池見草の辺酔うがごとくに

かいつぶり小針のごときさみしさを引きて消えたり　鏡なす池

掻い掘りに姿あらわす自転車の前照灯に冬陽あたりて

水抜かれ亀の消えおり対岸に繊き足もて翁のうごく

新しき日誌に小さく〈女井間池つがいの白鳥今朝一羽減る〉

豆の花

うしろ手に碁を打つ父の置きし音五十年経て未だ忘れず

宿直の父に弁当届けし朝七つのわれはお辞儀をされぬ

昭和とは家族揃いて切り餅をかるたのように並べし時代

車前《おおばこ》の茎の強きを選り抜きて勝負挑み来し弟がいた

身を立てて名をあげ励めと教わりき豆の花の白濃くなっていく

同郷者《くにもん》と可愛がられし豊真将伸ばしたる背筋魁傑に似る

山手線ひとの不幸を待つようにガードの下に易者坐りき

船乗りに間違えられて愉しかりき紀州の味噌屋釣りもらいつつ

バス停に白山吹を抱きおれば見知らぬ媼三人《みたり》も寄り来

長野産プラムの箱の〈わたくしが作りました〉の紙捨てがたく

夜更けて隣家よりぽんと弾けたり「パパ、肝試ししようよ早く」

文月の空にふたつの虹の出で一橋、二橋かぞえかた知る

へんろ展

球根をあまた買いたる帰りみち黄の鶺鴒は白に混じりて

テレビドラマまた左利きの女優出て小鉢の煮豆箸でつまみぬ

〈真冬日〉と〈護《まぶ》り〉にちょうど挟まれて〈マフラー〉の語のぬくぬくと居る

へんろ展に笹塔婆あり岩屋寺のやまの窪みの鳥葬想う

見逃せし誤植に午後のひかり射す人の名ゆえにあやまちぞ濃き

黄鶺鴒と同じ色なるセーターを西東京へ贈りたしわれ

鶺鴒の黄よりも温き色の無ししばし見つめて伊予柑を剝く

人の名は最も短き詩と知りて隣家の猫を〈みらい〉と呼ばん

五月を手繰る

逝きたるはもと国鉄マン告げられし余命四カ月時刻守りぬ

「速球に歯がたちません」草野球チームの九番歯科医のブログ

「足音が作物に効くわよ」ガッテンと人参畑を猫と見回る

ましぐらに噴水広場へゆく幼みず掬いつつ五月を手繰る

うろぬきの人参洗えば耀けり生後二カ月葉付にんじん

後ろより誰かに見らるる思いせりいっぽん立ちの梅雨葵咲く

「また家族ふえたんですよ」給油所の智美さん出す携帯の犬

指の間を漏るるひかりのこの世より抜けゆかんとす　螢《ほうたる》の息

加持水の脇の仏に掌を合わす真昼といえど螢の匂う

禅寺の講話案内貼る壁に画鋲の穴のあまた残れり

街に住む従弟の足の速きこと人混みの中の筋知るがごと

「独り居の叔母どうするの」ビール注ぐ蕎麦屋の空気かすかに湿る

ロバのパン屋

楽鳴らしロバのパン屋の車来る外見る母をわれ眺めおり

野猪《やちょ》六頭歩みて行きしわが庭に落し物あり猫の嗅ぎおり

「担当は農林課です」イノシシの駆除の相談打ち遣りしまま

赤白のコーンの場所は掘られし跡車落ちぬよう母落ちぬよう

昼どきに助けてやりし鉦叩き今宵連打に羽痛めそう

ダム底に沈みし村落夕暮れの亀は背中に水草を曳く

来年の家計簿を買う母のため山畑の柿熟れ極まりぬ

君よりの「光のお裾分け」開けるときルミナリエの鐘響くてのひら

依水園に「７１０年《セブン・テン》」とう鋭き声で始めるガイド　椿の笑う

用済みし正倉院ポスターの琵琶の溶けあう餅飯殿町

髭剃り

ひと気なき床屋の前のオリーブ樹風を梳きおり雨のにおいす

髭剃りは通り雨のごと音立てて午後の予報は〈濃霧に注意〉

清掃車に芥の袋嚙まれゆくためらいつつもすぐに消えゆく

わけもなくトンボに指を噛まるるをじっと見ていし考の新盆

安らいは白き杖持つ人止まる赤信号のこの五十秒

食欲の失せし義母連れ診察に出向けば即ち入院となる

空色の線をたどれば処置室へ　従きゆく義母には君はそら色

車椅子の義母の背中を押しながら大夕焼をもて余しおり

レモン樹の白き蕾を撫でながら「ひらがなの実が熟れそう」と君

飛行機のますぐに空を截りたるを餌食む猫はうつむきいたり

蟷螂のわっと湧き出でさみどりの隊列のゆく緩やかに過ぐ

池の辺の赤屋根の家媼より「猿《ましら》の余す蜜柑をどうぞ」

要介護〈母四・父一〉ケアプラン捺す印鑑の蓋が開かない

介護車《タクシー》に義母運ぶとき運転手の相棒たらんと音程上げる

昼寝する父母の脇にて障子張る介護する君繭籠るごと

線香の腹の電池を取り替えるそれだけの午後夫として居る

春菊色の付箋

駐在さんは転勤となり昼よりは三輪車積む人となりたり

はつなつと夏のあわいにコノハズク耳聡くあり君はことしも

「最後かも」口癖の母ふるさとの訛り日傘に畳みもどり来

難病の妻を支える友に酌む苦労を言わぬ彼にまた注ぐ

綴音《てつおん》という語みつめている午後に秋のかわひらこ睦れつつ飛ぶ

山陰に住む友からの喪の知らせ　ぶり大根のふっくり潤《ほと》ぶ

隠沼《こもりぬ》に出で友ぽつりポケットにしのばせて来し乳癌のこと

のど上げていかほどの水含みしやイソヒヨドリのいま飛び立てり

カーテンをざぶざぶ洗う君の息　いいよ真白に戻らなくとも

義母を詰《なじ》る義父の声して踊り場はどうにもならぬ闇に入りゆく

紅白のさざんか道を海側の赤に傾ぎつつ郵便車過ぐ

「友だちになろうよ」われのサンダルに鳥の骸《むくろ》を載せたる老猫

「放牧」を決めこむ空にポケベルの鳴り戻されし若き春の日

〈お水取り〉の展覧会のページあり春菊色の付箋を貼るも

跋文　背後の豊富な知識

玉井清弘

カナダに住む友は伝えたり地元紙の〈数百の靴、日本より着く《ハンドレッド・オブ・ドリフト・シューズ》〉

三月の靴外つ国に流れつく脱がないままの童らの足

靴紐の無き片靴の転がりぬひらがな「ゆい」は国境を越ゆ

「海底に沈みし靴」と栗木詠む　沈まぬ靴が陸にあがった

短歌教室にはいつも一時間近く早く現れ、その日の準備をしている私に、その時々の体験を話してくれる。自然の推移の話、住んでいる庵治の話、さらには義父母の介護の話など多岐にわたるが、最も驚き、記憶に残っているのが前掲の一連の作についてである。ご夫婦で世界各地を旅行し、特にカナダへは何度も足を運び、そこでの親しい友人も持っているらしい。東日本大震災後、津波に呑まれた建造物の破片などが、アメリカの海岸に到着していたことはニュースで報道され、私の記憶にも残っていた。ある朝かなり緊張した雰囲気で朝一番にこの話をされたのが、「数百の靴《ハンドレッド・オブ・ドリフト・シューズ》、日本より着く」だった。その中に二首目の「脱がないままの童らの足」が混じって到着したらしい。靴のみ、その靴に子どもの足の部分が残って流れ着いたというのである。大震災の事後の怖い衝撃的な事柄を、カナダの友人が電話で伝えてきたという。実際に目撃した友人にとっても、衝撃的であっただろうが、日本人としてその場に居合わせなかった藤田氏の驚きも言葉にならないものだっただろう。その事実への驚きを藤田氏は短歌として残したのである。淡々と事実のみを伝えて迫力がある。藤田氏にとって新しい短歌を切り開いた思いが強かった。栗木京子氏の「翼あらば生き得しものを　海底に沈みしあまたの靴は嘆くや」という作が、角川書店の「短歌」(二〇一二・六)に掲載されたことがあったが、「海底に沈みしあまたの靴は嘆くや」の靴が沈みきらず、太平洋を越えていたという栗木氏の作と響き合う作となっている。「海底に沈みしあまたの靴は嘆くや」の「ゆい」ちゃんの悲しみがぐっと目に迫ってくる。衝撃的な事柄を感情を交えないでリアルに表現した点に注目する。

藤田氏との出会いはNHK文化センターの短歌教室だった。本人が話さない限り私は個人情報は極力聞かないことにしているので、かなり長いつきあいになるが藤田氏について知らないことが多いのに改めて驚いている。今回体調を崩され、大手術をして回復の日を待っているが、いままでの作品を整理したいとの申し出があった。その際に、いくらか本人から新しい経歴等についてのメモを頂き新しく知ることもあった。

藤田氏は愛媛県新居浜市の出身、私と同郷である。現在は高松市の庵治在住。風光明媚な土地、庵治温泉の近くの高台に住居を一九九八年に構えたそうである。前は瀬戸内海で、ここに別荘を構えている方もいるらしい。海に面して温暖な小高い山の季節の変化は高松市内などよりずっと早い。鶯の初鳴き、ホトトギスの初鳴きなどもいち早く聞かされた土地である。なぜ庵治を選んだのかは知らない情報の一つ。

伊予の国徳能《とくの》が母郷学び舎の徳田小学校いよいよ遠し
剝製の鹿の眼やさし母の生家どの村人もよき顔をせり
母郷にはかいつぶり棲む池のあり父なきわれを受け止めくれき

一首目の「伊予の国徳能《とくの》」は私の出生地に近く、両親はともに教師を務めていたようである。両親が共働きという家族は当時では珍しい存在だった。三首目のような父亡き後の孤独な少年時代を母郷の人々のやさしさが包み込んでくれていたことがわかる。二〇〇七年から庵治に母も同居している。「母郷学び舎の徳田小学校いよいよ遠し」にはじんわりと母郷を自己の内で懐かしんでいる時間が豊かにながれている。藤田氏が手術後の退院するのを待ち兼ねていた母が、その直後に亡くなるという不幸があった。退院の日を待ち続けていたのである。

ことしまだ蛇見とらんね　母と妻泥らっきょうの薄皮を剝ぐ

猪の親子六頭裏山をザクザク駆けると妻走り来る

などという蛇も人間と同じ場を共有する仲間ととらえる自然派のご一家にとっては快適なお気に入りの地のようである。一方で猪などに脅かされる日々でもある。この種の住宅環境をとりまく話は聞いているとまるで自分もそこにいるような感覚になってしまう。

アトリエの人形の顔日を追うにわれに似てくる　作家わが妻

鼬毛《いたち》で眼の入れられし人形のまばたきをせり個展初日に

奥さんの「菜穂子」氏は人形作家、個展もよく開いているらしい。

要介護〈母四・父一〉ケアプラン捺す印鑑の蓋が開かない

関東に住む妻菜穂子氏の両親は、介護を必要としていて、何度も介護のために定期的にご夫婦で訪問を繰り返している。藤田氏の活動は多岐にわたり、香川県内を中心に溜池の尋ね歩き、NHK学園の富山国内スクーリングの講師を私が引き受けた際、参加をしてくれ、偶然実現した高岡市での万葉集朗唱の会に参加した時の作、隣家に住む「一真」君の家族との親しい交流など、読者は楽しんで読んでほしい。

藤田氏の家族は妻と実母の三人。母が亡くなったので現在二人。子どもはいない。その他の家庭のことについてもほとんど知らない。藤田氏の人生で最も華やかなリクルート勤務時代のことなども記すべきことは多いが、必要な部分は藤田氏自身が記すだろう。二〇〇八年から私の短歌教室に通って、十年のつきあいになる。

最近の大病の体験は今後の作に大きく影響してくるだろう。蓄えた豊かな知識を生かしてじっくりと短歌に向き合う大きな転機がきている感じがして、今後の展開に注目したい。

あとがき

第一歌集です。二〇〇八年夏から二〇一七年春までの作の中から、三四五首を選びました。作品はほぼ発表順に編みました。

この三月十五日、突然の癌告知を受け、残り少ないであろう時間をいかに活かすべきか思案しました。悔いを残さないために、歌集を急ぎ出版したい旨、玉井清弘氏に相談させていただきました。

振り返れば、五十歳代半ばは夢中でエッセイを綴りました。『妻への贈り物』（二〇〇四年・チクマ秀版社）、『ヨルガオ鎮魂曲』（〇五年・同）、『海辺の円舞曲』（〇七年・同）と立て続けに随筆集を三冊上梓しました。そんな折、文学仲間と聴講した文芸講演会で「寺山修司は中城ふみ子の短歌に衝撃を受け、自らも短歌を詠みはじめた」ことを知りました。寺山ファンとして、短歌に着目した私は、玉井清弘講師のＮＨＫ高松短歌教室の受講を決めました。いまから九年前の二〇〇八年一月のことです。同年夏、「音」入会。「音」香川支部歌会、ＮＨＫ講座あわせて月三回、師と同じ時間を持てる恩恵に浴してまいりました。

跋文を読むと、三年前の秋、根香寺境内の石段で偶然出会った師の柔和かつ厳格な遍路姿を、その行間から想い起こします。厚く御礼申し上げます。

随筆よりも短歌に果敢に取り組みたい気持を短く語るのは難解ですが「決して時間に腐蝕されることのない果物のみずみずしさ」（中井英夫の『寺山修司青春歌集』解説）を持つ短歌の魅力が私を惹きつけていることは確かです。

「音」全国大会の場で励まして下さる諸先輩、香川支部の皆さん、ＮＨＫ講座の仲間はじめ、多くの方々に支えられていること、嬉しい限りです。

出版にあたり、砂子屋書房の田村雅之氏にお世話になりました。

十時間に及ぶ手術で右腎臓を全摘出。癌細胞の再発を懸念しながら過ごしている日々です。

二〇一七年六月

藤田　豊

藤田　豊（ふじた・ゆたか）
一九四九年　愛媛県に生まれる。

【職歴】
一九七一年　リクルート入社。
一九七六年　『住宅情報』創刊、編集長。
一九八五年　東北支社長。
一九八七年　東京営業部長。
一九八九年　西日本統括部長。
一九九四年　フレックス定年退社。
　　同　　　リブドゥコーポレーションに転職。取締役営業本部長。
二〇〇七年　退社。

音叢書
歌集　春菊色の付箋

二〇一七年八月九日初版発行

著　者　藤田　豊
香川県高松市庵治町五五二七―二七（〒七六一―〇一三〇）

発行者　田村雅之

発行所　砂子屋書房
東京都千代田区内神田三―四―七（〒一〇一―〇〇四七）
電話　〇三―三二五六―四七〇八　振替　〇〇一三〇―二―九七六三一
URL http://www.sunagoya.com

組　版　はあどわあく

印　刷　長野印刷商工株式会社

製　本　渋谷文泉閣